Texte : Gilles Tibo
Illustrations : Fanny

Turlu Tutu et
Fanfan l'éléphant

À PAS DE LOUP
niveau **3**

Je dévore les livres

CI

Données de catalogage avant publication (Canada)

Tibo, Gilles, 1951-
Turlu Tutu et Fanfan l'éléphant
(À pas de loup. Niveau 3, Je dévore les livres)
Pour enfants.

ISBN 2-89512-287-3

I. Fanny. II.Titre. III. Collection.

PS8589.I26T87 2003 jC843'.54 C2002-941043-6
PS9589.I26T87 2003
PZ23.T52Tu 2003

Éditrice : Dominique Payette
Directrice de collection : Lucie Papineau
Direction artistique et graphisme :
Primeau & Barey
Dépôt légal : 1er trimestre 2003
Bibliothèque nationale du Québec
Bibliothèque nationale du Canada

Dominique et compagnie
300, rue Arran, Saint-Lambert
(Québec) Canada J4R 1K5
Téléphone : (514) 875-0327
Télécopieur : (450) 672-5448
Courriel : dominiqueetcie@editionsheritage.com
Site Internet : www.dominiqueetcompagnie.com

Imprimé au Canada

10 9 8 7 6 5 4 3 2 1

Nous remercions le Conseil des Arts du Canada de l'aide accordée à notre programme de publication, ainsi que la SODEC et le ministère du Patrimoine canadien.

Gouvernement du Québec – Programme de crédit d'impôt pour l'édition de livres – Gestion SODEC

à Manuel P. Pelletier

TIBO

Je m'appelle Turlu Tutu.
J'habite dans une tour si
haute que les derniers
étages se perdent souvent
dans les nuages.

Ce n'est pas pour me vanter, mais je connais tous les habitants de mon gratte-ciel. Chaque soir, pour m'endormir, je me remémore le nom des moutons, des chèvres et des ratons laveurs qui fréquentent ma classe. Si je n'y arrive pas, je compte les hippopotames, les éléphants, les gorilles, les zèbres qui habitent les cent quarante étages de mon immense maison.

Ce matin, ma mère me réveille
en disant :
– Vite ! Vite ! Turlu ! Lève-toi, sinon
tu seras en retard à l'école !

Je saute du lit, m'habille à la hâte, puis avale un grand bol de céréales. Ensuite, je m'empare de mon sac à dos et j'embrasse mes parents sur la truffe.

—Dépêche-toi, Turlu! s'écrie mon père. Il ne te reste que trente secondes avant le début des classes!

Je quitte l'appartement en coup de vent, m'élance dans le couloir et appuie sur le gros bouton pour appeler l'ascenseur.

Après huit interminables secondes, la porte de l'ascenseur s'ouvre enfin. Ah non ! La cabine est pleine à craquer. J'essaie de me faufiler d'un côté, puis de l'autre, mais il n'y a pas de place.

Les portes se referment.
J'appuie encore sur le bouton
et j'attends, j'attends le
prochain ascenseur. Soudain,
j'entends un appel :

– Au zecours ! Z'ai mal !
Ze zouffre atrozément !

Pauvre Fanfan, il y a un énorme
nœud dans sa trompe !

Il me dit en zézayant :
– Ze ne comprends pas ze qui z'est pazzé.
Ze faisais des culbutes et des roulades
zur le canapé lorzque zoudain, ZIOUP !
ze me zuis fait un nœud dans la trompe !
Ouille ! Ouille ! Ouille !

Pauvre Fanfan. Pendant qu'il pleurniche, j'essaie de dénouer son énorme nœud. Mais chaque fois que je fais un mouvement, il s'écrie :

– OUILLE ! ATTENZION ! QUE Z'AI MAL ! QUE Z'AI DONC MAL !

Tout à coup, BING ! j'ai une idée ! Je demande à Fanfan de faire des culbutes arrière. Comme ça, le nœud va sûrement se défaire tout seul.

Un peu surpris par ma proposition, Fanfan s'élance sur le dos. Il se rend jusqu'au fond du couloir en faisant des roulades arrière. Puis il revient vers moi à reculons.

Il s'arrête et, tout étourdi, se relève en criant :
– Zut ! Z'ai maintenant deux nœuds dans ma zolie trompe ! Z'ai mal ! Ze zouffre comme ze n'est pas pozzible !

BING ! j'ai une autre idée. Lorsque les portes de l'ascenseur s'ouvrent enfin, je dis :
– Viens avec moi, Fanfan !

Nous nous engouffrons dans
la cabine. J'appuie sur un
bouton. Au vingt-deuxième
étage, les portes s'ouvrent sur la
bibliothèque. Fanfan pleurniche :
– Z'ai mal ! Ze zouffre !

Je demande à la bibliothécaire :
– Madame Papinette… vous qui
avez tout lu, tout vu, tout entendu,
savez-vous s'il existe un livre
qui nous expliquerait comment
dénouer la trompe d'un
éléphant ?

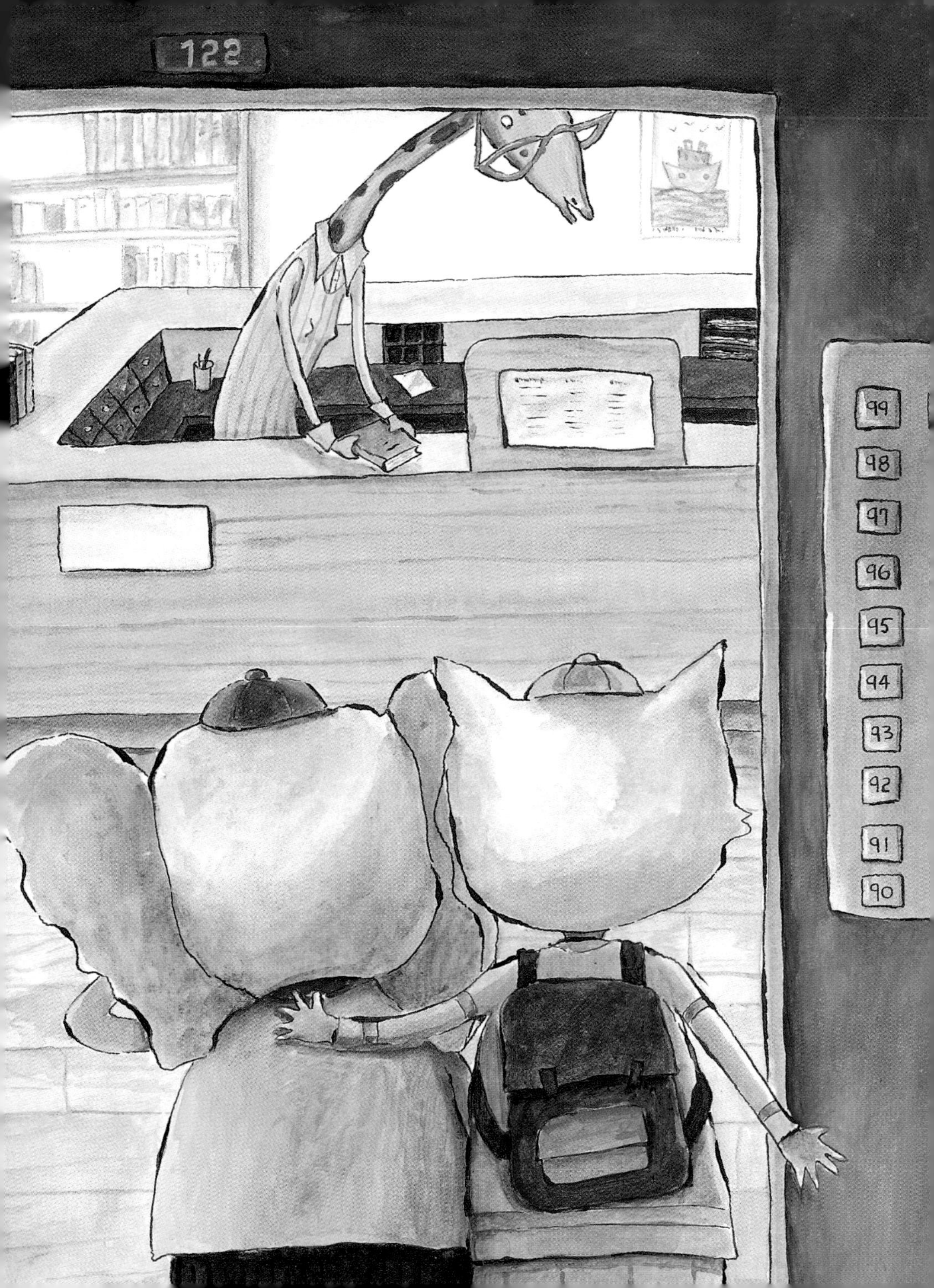
122
99
98
97
96
95
94
93
92
91
90

Madame Papinette consulte son ordinateur.
Après avoir répété plusieurs fois « hum…
hum… tiens… tiens… oh… oh… ça alors…
ça alors… », elle nous répond :
−Je suis désolée… Je ne trouve que des livres
expliquant à un éléphant comment jongler avec
sa trompe, comment voler avec ses oreilles ou
comment devenir plus léger qu'une plume…
en six volumes !

Madame Papinette remonte ses lunettes
sur son nez et s'approche de mon ami :
– Ne bouge pas, mon petit Fanfan. Surtout,
fais-moi confiance.

La bibliothécaire s'installe derrière Fanfan
et, délicatement, elle pousse, elle tire, elle
re-pousse, elle re-tire sur le bout de la trompe.
Le pauvre Fanfan tombe sur le dos en
entraînant madame Papinette. Ensemble,
ils roulent jusqu'au fond de la bibliothèque
puis reviennent en culbutant.

Ah non ! Le bras de madame Papinette est maintenant prisonnier d'un troisième nœud !
– AU ZECOURS ! Z'AI MAL ! crie Fanfan.
– À MOI ! À L'AIDE ! crie la bibliothécaire.

Tout à coup, BING ! j'ai une autre idée !
Je dis :
– Vite, il faut nous rendre à l'infirmerie !

Nous nous engouffrons tous les trois dans l'ascenseur, mais madame Papinette est tellement énervée qu'elle appuie sur le mauvais bouton. Au lieu de nous arrêter à l'infirmerie, nous nous retrouvons sur le palier du restaurant.

En apercevant le bras de
madame Papinette noué
à la trompe de Fanfan, Hippo
le cuisinier éclate de rire :

—Ah! Ah! Ah! Attendez-moi un instant, les petits copains. Je vais chercher mon grand couteau et je vous libère!

Un grand couteau? Mais pour quoi faire, un grand couteau?
—J'ai horreur des grands couteaux! crie la bibliothécaire.
—Zau zecours! Ze ne veux pas qu'on me tranze la trompe en zent douze morzeaux, pleurniche Fanfan.

En rigolant, Hippo revient avec un énorme couteau… et une bouteille remplie d'huile d'olive. D'un coup de lame sec et précis, il fait sauter le bouchon de la bouteille.

Ensuite, en grommelant « Gning… gning… gning… Comme c'est dommage que je ne connaisse aucune recette de trompe à l'éléphant », Hippo badigeonne d'huile d'olive le bras de la bibliothécaire puis la trompe de Fanfan.

Et zioup! le bras de madame
Papinette glisse comme par
enchantement hors du piège.

Puis, zip!

zioup!

et rezioup!

les trois nœuds se défont,
eux aussi, comme par
magie.

Fanfan et la bibliothécaire sont si heureux
d'être enfin libérés qu'ils commencent
à valser et à chanter devant les yeux ébahis
des clients du restaurant.

Sans se faire prier, Hippo se joint aux deux
danseurs. Emportés par l'enthousiasme,
quelques clients se mettent à jouer de la
trompette, de la guitare, du ukulélé. D'autres
se lèvent et dansent avec frénésie.

Soudain, Hippo trébuche sur une chaise. Il perd
l'équilibre et tombe à la renverse, entraînant
avec lui Fanfan, la bibliothécaire, la
trompettiste, le guitariste, le joueur de ukulélé,
ainsi que les danseurs et les danseuses...

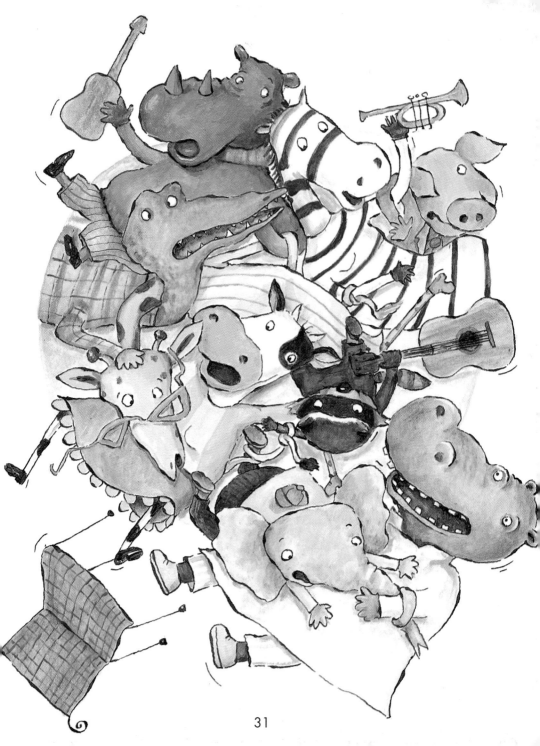

J'espère qu'il y aura assez d'huile d'olive
pour tout le monde ! ! !